冬の曲線

小林妙子詩集
Kobayashi Taeko

土曜美術社出版販売

詩集　冬の曲線＊目次

I

添え書き

詩集　冬の曲線

I

冬の曲線

針金を
折り曲げたような
かたち

何かの力によって
まとめあげられた
とでも
いうような構図

その間ならざる間を
数羽の水鳥が
すべっている

寄りそったり
遠ざかったりして

つぎつぎに展《ひろ》げていく
水のうごき
ほそく音がこぼれた

一本のまた一本の
おびただしい

枯蓮の迷路

寒気が溶かし込まれて
沼の冬はもう
はじまっていた

〈捨てて　得る〉

紛れもなくここは
天辺にゆうらり揺らす
花　の位置である

ネジ

ひと足踏みだすと床に
ネジが一本ころがっていた
おや
なんの企てだろう

真向かうと
指さきほどの長さで
電気灯のうすい影を
かかえている

こんなふうに
不意に
抜け出てくること
あるのか

ぎゅい　と

刻みいっぱいに回されて
当たり前のように
じっとしていたのに

拾い上げて

じゃんけんの
パーの形の掌にのせる

いたはずの場所の痕跡
不在とはこのようなもの
証拠がのこされること

ここは部屋
黄色い花が咲いています

降りた駅

ホームにはベンチがあって
そのひとつに腰掛けていた

前方には
医院と塾と
蕎麦屋の看板が立っている

その横に
缶コーヒーを手に持った

大写しの若い男の顔が
並んでいる

誰にでも向けられていて
誰に向けたのでもない
その微笑み

線路ぎわの草や花は
それぞれ　丈の高さで
陽を吸っている

葉の先へ赤とんぼが
止まった

あ　離れた

乗り越さなければ見ない風景だ
行き過ぎた一つを戻るために
待っている

外す

歩いていたら
見知らぬ人が
ふんわりと片手を上げた

よく　じゃないけれど
たまにある
こんなこと

どこからか

機械鋸をもった男がやってきて
注意深く刃を入れた

鋸の刃は
だあれもいない明るい道を
一直線に急いでいる

作業着をぬいで
白いシャツになった男の肩は
いそがしく上下する

人間の影をもつ機械が
長方形に

被せモノを外していく
アスファルトは　片隅の
草を
つかむ

やって来たもの

道にいたとき

うす茶色した猫が
地面を波打つようにして
歩いて来た
長い尾を立てて
すれ違いざま人に目を上げて
見上げることがとても

猫に似合っていた

まえ足うしろ足　うしろ足まえ足
それから決めていたように
草の生い茂った
狭い小径を入っていった

おまえは町を
くわしく歩くね

わたしの手は猫を
抱いたことがない
さみしがる背中には触《さわ》れない

狭い小径は
退屈な影のように伸びている

やわらかく踏んで通る
やわらかい足
その足に眼の中で触った

たけなわの初夏のことだ

もしもし

横断歩道を
若者がゆっくりと
歩いてくる

着ているTシャツは
いましがた飲んだ
完熟
トマトジュースの
赤のいろ

彼は　たぽっと
生きのいい音をさせて
通り過ぎて
行ったけれど

もしもし
それも
「無添加」ですか

暮らす

家があって
この日も
洗濯物が干されている
シャツ　ズボン　下着
空を背負ってみんな
風に揺れている
それに腕を通し

足を入れる
夜　家族は揺れながら

高く高く
天にかえす　その
やさしい疲労

いつの間にか知っている

誰かが住んで
脱ぐ
シャツ　ズボン　からだ

今日は
うまく予報がはずれた
抜けきった晴天です

デパート七階

花に飾られて
立ち上がる花瓶
その中の動かない水

「ようこそ」
ふいの声を渡る
迷い入ったのは生け花展
そこには

しずかな時と
しずかな位置が仕舞われていた

左から二つめ

ぐっと伸びる流し枝
その根もとの色が
とても似ている

さっき出会った女《ひと》の
息もつまるほどの
あの　赤い指先

影のない真昼
いっとき
花の誘いを凝視する

うごく境界

本を開くと
いつだって「始まり」が
用意されている

途中の
読みかけのページに
挟みこまれているのは
細長い目印

繋がって
一と二がぴたり合わさるのが
ありありとわかる

それだけのことだけれど
とびきりやさしいね
この役割

仰向いた本のうえに
ひとつの影がのっている
待ちうけるために

どうしてかしら
まだ呼ばれない歯科の
待合室
真っ直ぐおろす視線は
きょうの　分だけ

林檎

次に
何が出るかわからないのが
じゃんけんだが

白寿のおみよさんは言う
今度はグーです
はい今度はパー

あいこ　の一致には

いつだって
いっぱいに笑顔をひろげるから
欺きはしない

チョキのないじゃんけんが
グーで握りしめられて
パーでほどける

誘うひとがいて
ふれ合う会に行ってきた
「順番を決めるあそびよ」
眼窩の奥の記憶を

おみよさんが言う

冬が来た一番目の日に
うすい葉書が一通まいこんだ

かなしみの重さか
テーブルの上のあかい林檎一つ
手のひらへのせた

傷痕

ふっと洗う手を止める
右足の脛に
三センチほどの傷痕がある
そうやって何十年も

行ってはいけないよ
いわれていた場所で
工具の柄を踏んだ

用を待つ刃先は
いきなり跳ね上がって
素足に突き立った

一丁のノミが
鉋屑の中にまぎれていたのだ
だってそこは
仕事場だったから

木造船づくりのおじさんは
いつも正午おなじ時間に
ようすを聞きに来た

紙包みをあける
バタつきコッペパン一個
おじさんはパンをひらいて
バタのつき具合をみる

バタの多いほうを
わたしの手の平へおいた
「おだいじにな」
日焼けした首に手拭いがかかっていた

湯が表皮をすべっていく
五歳の入りくんだ追憶
不注意の　極印をみる

線の絵

二歳の
諒太郎が
かく

線は
どこまでも
ゆく

直線は

緊張をわすれて
道になり

円は
ゆるやかに
渦を巻きながら

雲　葉っぱ
ころがっている石に
なる

どうしたことか

何を見ても
見慣れたものと
見まちがえる

黙っていた方がいいのだ

寄りそって
花の匂いをかぐように
そっと　覗く

Ⅱ

ください

平和
月を研ぐ長い夜
色のかわるランプ
くりかえされる五月
セロリにある神経の束
スプーンでかき回せる海
猫よりは犬
丸いコーヒー店の看板
ひと息に眠ること

固めない地面
夕焼け色の口紅
声のかわりに放つ小鳥
笑いごえ
いちばん濃い矢車草のブルー

それら
いっさいの手掛かり

波打ち際

低く平らに
揺れうごいて
有機ぶつが
午後の陽のなかに
浮かんでいる

やがて
海は

波頭をもたげ
それらを
岸辺へ
打ち返した
呑み込めないのか
行き場を失った
人　人　人の
おとし物は
一列となって

いつ果てるともない
地球のセコンドを刻んでいる

空の碧
そのひと色を映す
あそこで

部屋の中の海

視線の先に海があった

水平線がくっきりと引かれ
夕焼けをしまっている

指の先で
潰せるほど小さい
太陽

あれは　きっと
いちにちのしずかな
句読点

「若い画家の作です」
タイミングのいい声が
背後からきこえた

首をねじって
顔を見ることは　しない

海が

こんなに近くにある
朱金色に染まって

海に向く椅子

知っているよ
ずうっと遠く遠くから
真っ直ぐにくる風を

首に夕日を巻いて
誰か　胸に
読みさしの本を伏せている

固定された

置きっぱなしの椅子は
そっちの端に三つ　こっちにも

白波のうねり
貨物船がはしけ船を曳いて
横切ってゆく

人はまばらに立っていて
また　歩き出す
もと来た道の方へ歩いているのだ

残されたのはカモメ
あかむらさきの夕暮れどきは

さびしいね

風はそこ

ここに座ると
それが
一つ一つよく見える

ひろげた手

馬が走り出す
馬に似せてつくられた座席
音楽が鳴るとそれは
騎乗をシミュレーションして
上下する

五指をいっぱいにひらいて
生きはじめたばかりの子が

しきりに手を振っている
ほんの手前
視線の先には親がいて
手を振り返す

ぐん

床が大きく回転した
さようなら

子はいっせいに
背中だけになって

すり抜けてゆく

もう　知っている
手を振ることが
意味を持ち始めていることを

銘々が
いっぱいにひろげた
手の　かたち

足溜り

てんでの場所に
座っている
話しかけず返事もしない

「こんにちは来ました」
などと言う人はいない
ただ黙ってじっと
曲げた両脚を埋めている

ここでは
なにひとつ起こらない
戻るための
時間潰しだから

またひとり
ベンチに息づかいを
のせた

よく晴れた一日

冬の陽が当たって

みんなぽきぽきと
枯れつづける

青かった花

それはいつも
先まわりしてそこに在った

きょう店に入ると
根元を括られて
吊り下がっていた

動けないで
くすぶって嘘のように

ひと束

何だろうこの胸苦しさ
伸びあがって
一本を引き抜く

花はあっけなく緩んで
遠い日の香気を
放ちはじめた

「ください」
わたしの声は
ひとすじ渡っていく

あしたへ

さびしく気づく

きのうはきょう
きょうは　あしたの影
自分の息を重ねた

包み紙

露店は
両側に収まりよく
並んでいた

浜が近いのは
波の音でわかる

「お一つ　どうじゃろ」
掛けられた不意の声に押されて

鯵を買う

「無駄な費えじゃて　これですまんけど」
おばあさんが言う

見るとそこには
さまざまなことが詰まっている
病の防ぎ方　驚くこと
何かをつくる方法

心をときめかせたり
想像をかき立てたり
色のある写真も

腹のない干魚が
波間ではなく
一枚の新聞紙に
くるまれていく

地べた

見慣れた
風景のなかに
いきなりの空き地

まるで今　立ち去った
とでも言うように
「家」がそこにない

気に

留めたことなど
なかったのだが

無くなってはじめて
在ったことに
気がついた

敷地いっぱいの
地べたは
みひらいた目

あおい
実にあおいと

はるかな空を見上げる

わたしは

その上に住んだ人を
まだ
思いだせない

Ⅲ

皮を剝く

図画の時間だった
クラスみんなで描く母の顔
わたしは迷いなく肌を
だいだい色に

「お母さんはよろこぶでしょうか」
いきなりの声
首がすいと伸びてきて
眼を落としたまま先生は

禁《いさ》めた

答えるべきだったろうか

だいだいは
夕餉どき屈んで
かまどの火を見つめていた
母の色
すでに亡くなって　と

生きるとはそうしたもの
言えなかった思いを
溜めてゆくこと

こんな　ぐあいにね

在るか
時の混沌をのみこんで
熟している言葉

一枚の絵を差し込んで
遠い記憶の
皮を剝く

おとうと

となりに
眠る顔がある
紺色の上下を着て
もう五十二歳

電車が揺れるたび
滑り落ちてゆくから
手を伸ばして
居心地をたしかめる

そのとき
髪の先が手にふれた

わたしと同じ
細くてこしのない
やわらかい髪だ

「こんな小さい子を残してふびんだ」
最後の別れをした火葬場で
大人たちがこの髪を
撫でていたのを知っている

あの日から
音を無くしたことば
おかあさん

悲しみがきゅうに
むき出しになって現れた
ひとはこんなふうに不意に
年月を脱ぐ

音を見る

朝めざめて
そうだ今日は転んでみよう
こんなふうに思う人は
いない

だが　転んだ
〈あて〉があって
歩いていた道で

夜半　雪がやんで
道は容赦なく凍っていたから
めずらしくない成り行き

下げていた紙袋は
はずみで
勢いよく飛んでいる

前の方向
距離にして五歩の先
こう思うのだ

壊れてないだろう

きっと壊れなかった
箱を揺らして音を見る

一客のカップが
赤い破片をさがしている
割れた

静けさが証明した
簡単に

稲妻

夜ふけて
雷鳴がとどろく
わたしは明かりをつけずに部屋にいる

カーテンを少し開けて
ガラス越しに外をみる
暗がりに延びていく光の　枝

誰　なんだ

向こうから年老いた女が
こちらを見つめていて
たじろぐ

昼をまわる頃に
予報が
テレビから届いていたが

あれは誰

暗闇をふるわせて閃光が走る

驚かせるくわだて　を
視てはいけない

一列の朝

バスを待っている
バスはなかなか来ないのだ
仕事に向かう身なりの人が
素早く背後へと
繋がってゆく

五人　十人　十一人
待つ人が増えていき
どの人もきつい目をして

わずかな隙間を
埋めている

そうしなければ
今日が始まらないとでも
いうように

挟み込まれている私と
私でない人の
つかの間の位置

待ちうけたものがやって来た
乗せて　扉を閉めて

離れる
一日は
継ぎ足していく時間だね

こんな日

真二つにちぎった
苺のジャム・パン
その片方に
ジャムが入っていなかったことを
思っている

誰もが表情をふせて読む
図書館
引き抜かれていた本の

縦長のうすい空間を
思っている

アナウンスがあった
耳だけで聞いていると
電車が止まったという

来るあてのない電車
通路は遠いところから
ファスナーのように閉じられた

わずかな　ずれ
あるいは　間

たわい無い
こんな日を身にまとって
夏が来て秋が来て

面

ふらりと入った
骨董屋で

面に
自分の顔を近づけ
当てた

鼻と口
形をしたものが

重なり合っている
ひと息にふかく
押し込める

そこにあるのは
歳月の刷毛に塗られた
わたしの顔だ

女は　いる

面の裏の
やみの底に

気づかれないように
はめ込んだ重さを
外す

急ぐな
急ぐなよ

眠らない耳

くの字に指を曲げて
ダイヤルを回す

するといきなり
飛び込んできたように
ちちっと
名も知らぬ鳥がなく

講演だったり

ニュースだったり
チェロが低く鳴ったりする

それは
ちょっとした拍子《はずみ》で
消えるから

暗闇へ手を差し込んで
ゆっくり　また
探っていく

右耳に仕掛けたイヤホン

すうっと一本
そこから時間を
引き抜くようにして
聴く

通過

その朝
被りのセーターを
着る

首
ひとつ抜けた一瞬
磨かれた空がきりりと
たち上がる

視線をおろすと

出来ごとで詰まった新聞が
二つ折りにたたまれて
テーブルにある

くらい輝きをます
流しのステンレス
そう　あそこあそこ

名づけられた具体物は
グタイテキに
散らばってここに在る

知っているよ
通過は
現実という向こう側

ゆっくり腕を通そう

セーターはぴったり
なにごともなかったように
わたしに合わせた

逆光

たしか午《ひる》だった
言いつけで隣家へと
届けモノを持って行った
十にもならない時分のことだ

玄関を右に捨てて
いつもそうしているように
縁側へまわった
縁側の高さは胸の位置

奥を覗くと空っぽで
真っ黒いだけの深い穴になっている
仏壇　簞笥　踏台の
なまえの付いたものが何もない

開け放たれた障子の先が
すっかり消えていた
さようなら
小さな声で言い終える

「なあーんだ　来てたの」
仕切られていたドアが開く

闇の皮膜が破られた
陽はすべり込み
あっけなく広がった

遠くに
子どもがいるよ
時間を折り曲げればやってくる
夏

胸に棲む

どの写真のどの日付にも
わたしがうつる
アルバムをめくる

空はふかぶかと広がり
並んで腰をおろす
遠足　記念の一枚

カメラを抱えて

よく見渡せる背の高い声が
手際よく
——そこ　と　そこ

指をさされた
「そこ　と　そこ」は
声の方へと
あわてて顔を上げる

節子さん
よそを見ている
何かあるかのように

あとで訳がわかった
肩にぬくんでいる
蝶のおぼろな翳り

一枚の　また一枚の
戻れない時間が
胸に棲む

添え書き

詩集『冬の曲線』の筋繊維を成しているもの

高橋次夫

跋文を依頼された手紙の中に小林さんは次のような文言を見せている。〈私は、私自身がまだ知らずにいる「私」に出会いたい、との思いで書いてきた〉この言葉の抱えている中身は単純なものではない。詩を書いてきた者の多くはこのことに遭遇してきたと思われるが、どれ程の実感を持って意識されたか、そこで小林さんの場合を想定して少し探ってみたい。

「知らずにいる私」の中のひとつに命を授かり生誕のときに既に備わっている〈格〉のようなもの即ち先天的な性格が先ず挙げられる。その先天的な性格は成長の過程の中で常識的な日常慣習に馴らされ薄められることの方が多い。また一方では、成長期の学習によって新しく身に付く感覚感性がある。これは本人の知性と意志によって左右されるが、芸術に身を置く者、中でも言語芸術即ち詩に向かう者にとってはその影響は大きい。

先天的に或いは後天的に「私」の中に組み込まれたものによって「私」が成立しているわけであるが、その成立している「私」がなかなか見えてこない。見たいと意識しても摑みどころが判らないのだ。ところが、詩という形式を通して自分の内面を表現しようと拘っているうちに、ふと「私」が見えてくることがある。そのときに気付かなくとも、回を重ねているうちに「私」を意識できるようになる。

この詩集に組み込まれた三十二篇に亘る詩篇に鋭い感性の「私」が鮮明にその表情を見せている。まず先天的な純粋感性をみたのは「**皮を剝く**」で描写された母の顔である。小学生の小林さんにとって最も印象に残る最も大事な母の顔色は〈だいだい〉でなければならなかった。〈だいだい〉は自分と母とを結ぶ絶対の色であった。習慣常識に蝕まれてはいない純粋感性であった。詩としてこの構図で見せられると先生の常識が薄寒く見えてしまう。これを詩として表現したことで小林さんは改めて当時の悔しさよりも純粋性の納得に触れられたはずである。この詩と相対的な詩、つまり絵を見る側に立った時の詩が「**線の絵**」である。二歳の諒太郎の書く線描の絵。魔法使いの指揮棒の先からのように変幻自在の形状に小林さんは追いつかない。諒太郎の先天性はそのままの天性で何ものにも侵されない。触るべきではないと気付いて小林さんは〈黙っていた方がいいのだ〉と自らを禁めるのである。この二篇の情景からわたしは、あの映画「禁じられた遊び」を思い起した。汚されたことの無い純粋性にわたしたちは無垢な安らぎに浸ることが出来た。この純粋性は別の形でも現れてくる。

「**通過**」という詩篇を見ると中に何も無いように思われるが、よくよく落ち付いてその情況を見届けてみると、日常の馴れ切った動作では感覚し得ない世界が見事に顕されている。この情況世界を捉える感性は何処からきているのか、それを考えたとき思い当たるのは先天的純粋感性であろうとわたしは感じている。そしてこの詩は最終連で判るようにセーターが主役となって客観性が保持されているのである。この客観性も純粋感性によって得られたものであろう。

このような感覚で捉えた世界をもうひとつ見ておきたい。「ネジ」である。日常では見落としてしまう、いや眼に入っても靴で蹴飛ばしてしまいそうな床に転がっている一個のネジ。小林さんはそれを拾いあげた。ネジの在るべき所にあって〈ぎゅい　と〉存在の証明がなされているはずなのに、てのひらのネジはまさに不在の証拠であるという。日常の当たり前に固めてしまうのではなく、そのままをそのままに受け止めた時の感覚、それをそのままに表現できた感性、それを先天的純粋性に依ると見てよいだろう。そして最終連の黄色い花で小林さん自身の存在と不在とを連想させてしまう。小林詩の見所でもある。

この詩集のなかでは異色と思える詩篇にも触れておかなければならない。「くださ い」という短めの作品であるが、関連のない文言の羅列、一篇の詩に成長させられそうな切っ掛けになる言葉たちである。詩への成長の一切の手掛かりをくださいと懇願している。その想いは理解できるが一篇の詩になっているのは初めてのことである。詩作品として提示した小林さんの心情には、読み手への絶対的な信頼が有ってのことと想像できる。この信頼感もまた先天的純粋性の顕れそのものと受け止めている。

順番を決めるあそびの詩「**林檎**」を見落としてはいけない。白寿のおみよさん、チョキの無いじゃんけん遊びで順番を決めるのだという。お迎えに向き合う順番、おみよさんとお迎え側とのじゃんけんになるのか、誰とのじゃんけんになるのか、小林さんもわたしも判らないうちにうすい葉書がまいこむ。私たちにとってはかなしみの不条理となるが、その重さをあかい林檎に委ねることで救いを得られる。じゃんけんという小さな仕草が命の行方に繋がってゆく不思議さ、このことも純粋感性によって導かれてくるのである。

最後に巻頭の「**冬の曲線**」を挙げる。最終連の前に、一行独立させて〈捨てて　得る〉と書く。僅かこの五文字に、蓮の生涯の生態を描ききってしまった。これ以上に書き加えることは過誤を招く虞が生じることになる。ぎりぎりまで過剰な部分を削ることでイメージの単純化を図り、それによって真意を深め読み手の参入を許容できている。小林詩のこの特性が、この詩集の効果をより強いものにしている。この後も大事に育てていかれることと期待したい。

あとがき

二〇〇〇年刊の詩集以来の上梓です。

すべて既に発表の作品に手を入れました。

発表の場を与えて下さいました詩誌「竜骨」、詩誌「地下水」、神奈川新聞社文化部様に、言い尽くせぬ思いで、深く感謝申し上げます。

ふと眼にした窓硝子を打つ雨の粒はことのほか美しく、しずくとなって、最短を流れてゆく。そのすじを追うように私も、刈り込んだ言葉で書いてまいりました。自分の底にある無意識をくみ上げ、私自身がまだ知らずにいる私に出会うために。

詩集上梓にあたりまして、「竜骨」の会代表、高橋次夫様に跋をお願いし、ほか、多面にわたりご教示いただきました。ご多用の中、貴重なお時間をいただき、心より御礼申し上げます。

出版に際し、お世話になりました社主・高木祐子様はじめ、細部にわたってご配意下さいました編集部の皆様、まことにありがとうございました。

多くの方々のお力添えに、厚く御礼申しあげます。

小林妙子

二〇二四年　五月

著者略歴

小林妙子（こばやし・たえこ）

1945年5月　東京都に生まれる

著書　詩集『地への廻廊』（1994年）
　　　　　『空豆が煮えるまで』（2000年）

所属　日本詩人クラブ・横浜詩人会　各会員
　　　詩誌「竜骨」同人

現住所　〒235-0045
　　　　神奈川県横浜市磯子区洋光台5-6-33-302

詩集　冬《ふゆ》の曲線《きょくせん》

発　行　二〇二四年五月十日

著　者　小林妙子
装　幀　森本良成
発行者　高木祐子
発行所　土曜美術社出版販売
〒162-0813　東京都新宿区東五軒町三―一〇
電　話　〇三―五二二九―〇七三〇
ＦＡＸ　〇三―五二二九―〇七三二
振　替　〇〇一六〇―九―七五六九〇九

印刷・製本　モリモト印刷

ISBN978-4-8120-2828-5　C0092